흘러가는 구름을 동경하였다

수우당 동인지선 002

흘러가는 구름을 동경하였다

초판발행일 ｜ 2021년 8월 16일

지은이 ｜ 김시탁 김일태 민창홍 성선경 이강휘 이기영 이달균 이서린 이월춘
펴낸곳 ｜ 도서출판 수우당
펴낸이 ｜ 서정모
주 소 ｜ 51516 창원시 성산구 외동반림로 126번길 50
전 화 ｜ 055-263-7365
팩 스 ｜ 055-283-8365
이메일 ｜ dlp1482@hanmail.net
출판등록 ｜ 제567-2018-7호(2018.2.12)

ISBN 979-11-972259-8-7-03810

값 10,000원

＊이 시집은 경남문화예술진흥원에서 제작비를 지원 받았습니다.

흘러가는 구름을 동경하였다

시문학연구회 하로동선夏爐冬扇 시집 6

수우당

폴 발레리의 시詩처럼 읊어본다.
바람이 분다, 살아야겠다.
코로나19가 온다, 그래도 살아야겠다.
살아야겠다, 살아야겠다고 하면서도
한 번씩 하소연 하고 싶어질 때가 있다.
사랑은, 평화는, 꿈은
모두 왜 이렇게 멀기만 한가?
또 한 권의 동인지를 묶는다.
바람이 불지 않는다, 그래도 살아야겠다.

시문학연구회 하로동선夏爐冬扇 일동

| 차 례 |

김시탁

김일태

민창홍

성선경

이강휘

이기영

이달균

이서린

이월춘

| 평설 | 이달균

김
시
탁

경북 봉화군 춘양면 출생.
2001년 『문학마을』 신인상으로 등단
시집 『아름다운 상처』 『봄의 혈액형은 B형이다』
『술 취한 바람을 보았다』 『어제에게 미안하다』
경남문학 우수작품집상 수상. 2015년 경남 올해의 젊은 작가상 수상
2016년 창원시 문화상 수상. 창원예술문화단체총연합회 회장역임
창원문인협회 회장역임. 가락문학회 회장. 실메 김태홍 기념사업회 회장

곰탕

출근길에 팔순 노모의 전화를 받았다
애비야 곰탕 한 솥 끓여놨는디 우짤끼고
올 거 같으믄 비닐 봉다리 여노코
안 올 거믄 마카 도랑에 쏟아 부삐고

이튿날 승용차로 세 시간을 달려
경북 봉화군 춘양면 본가로 곰탕 가지러 갔다
요 질 큰 기 애비 저 봉다리는 누야 요것은 막내
차 조심혀 잠 오믄 질까 대놓고 눈 좀 부치고

묵처럼 굳은 곰탕을 스티로폼 박스에 담아오는데
세 시간 내내 어머니가 뒷자리에 앉아 계셨다
차가 흔들릴 때마다 씨그륵 씨그륵 곰탕이 울었다
차 앞 유리창이 곰탕 국물 같다

곰탕 2

우리 집 주방에 멧돼지 한 마리 들어왔나
사냥꾼에 쫓기 듯 거친 숨을 몰아쉰다
푸시식 푸식 곰탕 냄비 뚜껑이 춤을 춘다
아내가 또 어딜 가려나보다
나는 아내가 집을 비울 때 끓여놓은 곰탕이 싫다
국물에 말아놓은 고기도 싫은데 며칠씩
부옇게 떠다니는 기름은 무슨 몹쓸 패거리 같아
입안에서 슬그머니 욕이 굴러다니다가 씹힌다
부고 문자를 보다가 국물에 전화기를 빠뜨렸을 때
지워졌던 기억이 느끼하게 살아나서 싫다
간이 맞지 않아 막소금을 넣다 보면
한 참 먹는 도중에 녹아 짠맛이 또 싫다
곰탕 옆을 지키는 피범벅 깍두기도 싫고
동동 썰어 넣은 대파가 생선 눈깔처럼 시퍼렇게
날을 세워 쳐다보는 것도 싫다
짜고 맵고 느끼한 속을 알 수 없어 싫고
국물도 굳어져서 묵묵부답인 저 근성이 싫다
무엇보다도 싫은 건 어딜 간다는 통보를
거친 멧돼지 숨소리로 전하는 아내의 방식이 싫고

그걸 퍼먹으며 까칠한 식욕을 억눌러야 하는
우울한 인내가 싫다
푸식 푸식 푸페 푸페 멧돼지 숨이 가쁘다
아내가 서둘러 대문을 나서면 주방으로 달려가
저 멧돼지 숨통부터 끊어야겠다
엽총을 장전해서 방아쇠를 당기듯 딸깍
버튼만 눌리면 놈이 죽는다
허옇게 거품을 뿜고 죽은 놈을 먹어야 한다
지겹도록 먹다 보면 아내가 온다

곰탕 3

속을 부글부글 끓여봐야
뜨거운 맛을 안다

허옇게 토해내는 거품도 더러는
오래 견뎌 낸 생의 눈물 같다는 걸

그 눈물에 입천장 데여보면 안다
뜨거운 맛을 봐야 비로소 인간이 된다는 걸

곰탕 4

곰탕 연작시를 써서 여기저기 발표했더니
곰탕처럼 너무 우려먹는 단다

우려내면 낼수록 깊은 맛을 내니
틀니로도 씹을 수 있게 펄펄 끓이자

맛을 제대로 내었는지 먹어주니 고맙다
깍두기도 더 갖다 주고 국물도 좀 더 부어주자

곰탕 5

곰곰이 생각하며 먹을 거 없다
그냥 먹을지 밥말아 먹을지
헷갈릴 것도 없다

그냥 식기 전에 먹으면 된다
숟가락으로 퍼먹다가 좀 식으면
들이마셔도 된다

생이 힘드냐고 묻지 마라
곰탕 한 그릇 같이하면 된다
허한 속이 든든해지면 된다

아름다운 공존

콩 심은 밭에 코스모스 씨를 뿌렸다
콩과 코스모스가 함께 자랐다
콩은 열매를 맺고 코스모스는 꽃을 피웠다

서로 경쟁하듯 콩은 코스모스를 밀고
코스모스는 콩을 비집고 키를 키웠다
코스모스는 잘 웃고 콩은 과묵했다

코스모스는 바람을 잘 받고
콩은 넓은 잎장으로 햇살을 잘 닦았다
화려한 외모와 알찬 내실의 아름다운 공존이다

텃밭에 웬 코스모스 씨를 뿌렸냐고
도대체 제정신이냐고 아내는
코스모스를 뽑아버리라고 했다

콩 농사지으며 꽃을 보는 일이다
콩은 배를 불리지만 꽃은 영혼을 불린다
배와 영혼을 불리는 아름다운 경작 아닌가

땀을 식히다가 코스모스를 본다
뽑아버리라고 말만 하는 아내를 본다
내겐 다 꽃이어서 향기가 난다

말의 질감

매끄럽고 반질반질한 말은
사람을 미끄러지게 한다
걸려 넘어지면 상처 입는다
습하고 축축한 말은 사람을 적신다
주르륵 눈물이 흐르는 것이다
날카롭고 가시가 있는 말은 사람을 찌른다
찔린 상처는 오래가고 도지기 쉽다
사람의 말에 모가 없었으면 좋겠다
사람을 다치게 하는 흉기가 아니었으면 좋겠다
따뜻하고 포근하고 둥근 말이어서
언제든 편안히 다가갔으면 좋겠다
다가가 가만히 기댈 수 있었으면 좋겠다

칼국수 안에는 칼이 있다

붕어빵 안에 붕어 없는데 칼국수 안에는 칼 있다
칼국수 집에서 싸움이 붙었다
여자는 남자를 바람둥이라 하고 남자는 여자를
의처증 환자로 내몰더니 서로 찢어지자고 했다
남자는 시켜놓은 칼국수나 먹고 찢어지자고 식식거리
는데
여자가 먼저 칼을 뽑아 남자를 베었다
남자의 몸에 칼국수가 피처럼 흘러내렸다
순식간의 일이어서 남자는 비명을 질렀고 여자는 사라
졌다
칼국수 안에 칼이 있었다
단칼에 베여 비틀거리는 남자는 구급차에 실려 갔다

우물

그 사람 우물 맑고 고요하고 깊다
한 사발 퍼마시면 영혼까지 살찌겠다

나의 우물은 어떠한가
가득 고여서 하늘을 담을 수는 있는가
더러 해갈할 사람들이 찾아는 오는가

저마다 우물이 있다
고여있는 감성이 있다
넘치고 흐르는 우물터로 사람들이 몰려든다

물심이 인심이고 물길이 순리이니
제대로 세상을 살려면 물맛을 알아야 하는 까닭이다

금주

임영웅이가 양주 한 병을 들고 와서 같이 마시자는데
심수봉이 기타를 치며 백만 송이 술병 백만 송이 술잔
하는데
비가 오면 생각나는 그 사람과 마시고 싶다는데
최백호도 낭만에 대하여 건배하는데
돌아가신 아버지가 사진첩에서 걸어 나오시는데
아 나는 자꾸 온몸이 가렵다

김
일
태

1998년 『시와 시학』 등단
시집 『부처고기』 외 7권
시와시학젊은시인상, 김달진창원문학상, 하동문학상
경남시학작가상, 창원시문화상, 경상남도문화상
신해원불교문화상 등 수상
현) 이원수문학관 관장, 경남문협창원예총, 창원문협 고문

돌아오지 않는 꿈
- 귀환의 시간 7

지금 어디를 날고 있을까
내 종이비행기는

아라비아 천일야화에 젖었던 11살 무렵
알라딘의 양탄자 끝 잡고 떠난 뒤
한 갑자 지날 때까지 돌아오지 않는

세상 밖으로 나갔는지
설산 뾰족 바위에 걸렸는지
바다로 흘러가 심해를 떠도는지
히말라야 파미르 킬리만자로에서도
러시아 몽골 대평원에서도 찾지 못한
종이비행기

그때 왜 돌아오는 길 일러주지 않고
날려 보냈을까
그 종이비행기를

철새나 벌레를 위한 반성문
– 귀환의 시간 8

왜 일찍부터 철새나 벌레를 두려워했던가
불편해도 몸부림쳐볼 생각 않고
매일매일 당연한 듯 버렸을까
지겨운 나를 벗고 벗어
새로운 나를 얻으려 시도해보지 않았을까

저들을 비아냥거리면서
열려있는 길 드넓은 세상 두려움 없이
제 세상 내 사랑 찾아
구만리장천 날아볼 생각 접었을까

짝 찾아 헤매다 지쳐
단 한 방울의 사랑만 남을 때까지
나뭇가지 끝을 붙들고 울다가 울다가
죄다 비운 속으로
단 한 번 사랑 맺은 뒤
나를 훌훌 던질 생각 못했을까

모두 이미 정해진 길이라는 억지에

의문 한번 제대로 갖지 못했을까

나는 왜 일찍이 그런 나를 부정하지 못했을까

남해 금산 줄사철나무*처럼
– 귀환의 시간 11

한 땀 한 땀
위태롭지 않은 시간 있었으랴

오래전 서로 다른 몸으로
우연히 만났어도

수십 년 맨살 맞대고
세월을 쌓다 보면
하, 절로 단단하게 스며들지 않겠는가

그대여
우리 사랑도 결국
저리 완성되어가는 게 아니겠는가

*금산 정상 부근 큰 바위에 붙어 서식하는 노박넝쿨과 상록성 넝쿨나무

흐린 시간을 건너며
– 귀환의 시간 12

노령연금 신청한 날
묵직한 저녁 딛고
집으로 돌아가는 길

늘 그냥 스쳤던 가로등이 낯설게
아내 대신 목을 늘여 기다리고 있었다

그 난삽하던 의문들은 누가 다 쓸어갔을까
나는 왜 나에게 모질지 못하고 늘 관대했던가

질문공세 펼치는 오래된 청춘의 시간 향해
방향도 어긋나지 않았고 사력을 다해왔다고
무심에 밑줄 그으며 우겨보고 싶어지는
이순의 시간

마지막과 시작은 서로 닿아있고
삶은 늘 시작과 끝의 반복 아니냐며
엄지발가락에 다시 힘을 주어보지만

초미세먼지가 좋음인데도

길이 흐릿하였다

상상임신
– 귀환의 시간 13

시를 낳으려 밤새 끙끙거리다
문득 까치상어*를 생각한다

나는 얼마나 절실히 그대를 원했던가
또 과감히 그대 위해 나를 던졌던가

어디에 있는지도 모르는
불쑥 나타날듯하다가 이내 사라지는
한 번도 제대로 손잡아 본 적 없는
내 모든 걸 바치겠다고 언약한 적도 없는

매번 제대로 낳지 못하고
산고만 치르게 하는
내 사랑아

누구는 낡은 구애법이라 말리기도 하지만
이보다 더 진화한 사랑 아직 없을 거라 굳게 믿으며
오늘도 그 사랑 기다려 나는
깍깍거리고 있다

*암수가 교미하지 않았는데도 새끼를 낳는 처녀생식으로 일본에서 화제가 된 원시어종.

쑥새의 순교
– 귀환의 시간 14

쑥새 한 마리
반투명 유리창에 부딪혀
작은 날개가 접혔다
멀건 대낮에

안쪽에서는 보이는데
바깥에서는 안이 보이지 않는 곳 있다고
신기루는 세상 곳곳에 널려 있다고
허상에 혹하지 말라고

귀향의 꿈 접으며
유심정토 한 수 가르치고는
5월도 오기 전
여름에 쫓긴 봄처럼
가셨다

*쑥새: 크기가 참새만 한, 우리나라 전역에서 흔히 볼 수 있는 참새목 멧새과 겨울 철새.

세마 혹은 넓적부리
- 귀환의 시간 15

세상의 진실은 돈다는 것
돈다는 걸 깨달아 석가는 부처를 얻고
갈릴레오는 죽을 뻔하다 살았지

결국, 모든 원願은 원圓을 타고 오는 거라며
물속에 머리 박고
한입 먹이 얻으려 수면을 도는 넓적부리처럼
알라의 울림 내려받으려
하늘 향해 두 손 받쳐 들고 세마 춤 추는 수행자처럼
오늘도 시마詩魔에 홀려
시 한 줄 얻으려 무한궤도를 도는
어정잡이 시인에게
바닷가 몽돌이 가르치는 한 말씀

두 손 모으지 마라
각진 귀퉁이 죄다 버리지 않는 한
너의 원願은 소원疏遠할 뿐이니

폐광선언
- 귀환의 시간 16

시어사전 뒤적이며
남의 시 곁눈질하며 유혹해도
시가 오지 않는 날은 책상머리에
폐광선언
이라 써놓고 시를 생각한다
벌써 시맥이 끊겼는가 보다
라고도 써본다

광맥이 분명하다 믿었던 광산에서
파도 파도 보석은 나오지 않고
폐석 같은 잡문만 나오는 날은
풋말을 열 번 쯤 외워본다

한 자루 삽도 괭이도 되지 못하는 펜으로는
더 파봐야 헛수고
라고도 써본다

황금알 낳던 거위 잡듯
이렇게 욕심내며 파고들다가

좁은 갱도 속에 갇히면 나중에 어떻게 될까
시답잖은 고민을 하다 폐석을 다시 본다

보석과 차이가 무엇이냐고
폐석이 해맑은 눈으로 묻는다

답을 얻을 때까지
풋말 달기를 보류한다

켜켜이 쌓은 것은 단단하다
- 귀환의 시간 17

탑을 튼튼하게 하는 것은
둥근 돌이 아니라 각진 돌인 줄
이제서야 아네

우리의 시간인들 다르랴
버려지기 바랐던
서로 날 세웠던 각진 시간이
우리의 탑을 이리 견고하게 할 줄이야

동글동글한 날들만 남기자고
유치한 약속에 손가락 걸었지만
어설픈 예단으로 서로를 찾아 헤매거나
공들여 쌓은 시간
무너뜨릴 뻔할 때 한두번이랴

내가 모났을 때 그대 둥글고
그대 날 선 날 내가 둥글며
남의 손길 빌리지 않고도
서로의 빈 데 퍼즐처럼 메우며

켜켜이 껴안고 쌓아온
우리의 시간

불탑처럼 멋스러워
길손들 두 손 모으게는 못할지라도
이제는 폭풍 한설에도 끄떡없을 만치 튼튼해진
서낭고개 돌탑 같은 사랑이여

합죽

비어 있어야 채워지는
꽃이다

동안거 마친 비구니 마냥
겨울 잘 나시고
가볍고 맑게 집 나서는

할머니 입가에 핀
적멸의 꽃

민
창
홍

1960년 충남 공주 출생
1988년 계간 『시의 나라』와 2012년 『문학청춘』으로 등단
시집 『금강을 꿈꾸며』 『닭과 코스모스』 『캥거루 백을 맨 남자』
서사시집 『마산성요셉성당』. 제4회 경남 올해의 젊은 작가상 수상
2015 세종도서 나눔우수도서 선정
문학청춘작가회 회장, 마산문인협회 부회장

포인세티아

산타클로스가 선물을 준다
북극의 눈썰매 앞에 긴 줄이 늘어서고
간절하게 기도하며 만나고 싶던 곳으로
하얀 수염과 빨간 모자에 눈이 내린다
성당 마당 따뜻하게 덮어주는 눈
초록의 트리 장식에 색전구가 빛나고
막대에 매달린 사탕 오물거리며
착하게 살아온 자신 돌아보는 시간이다
선물은 이미 주어졌다.
무엇인지도 모르고 받은 선물
잎이 꽃처럼 붉게 번져서
저마다 눈에 달고 떠나는 꽃송이
사랑은 깊고 넓어서 아이처럼 해맑게
빈 주머니 둘러매고
눈썰매가 떠난다

늘 그랬으면 좋겠다

툇마루에
슬그머니 다녀가는 햇살처럼
늘 그랬으면 좋겠다

비가 와서
하루쯤 오지 못했다고
미안해하지 않았으면 좋겠다

방안을
소리 없이 둘러보고 가는 바람처럼
늘 새로웠으면 좋겠다

새벽에 내린 이슬
동행의 시간 길지 않아도
아쉬워하지 않았으면 좋겠다

그대가
있는 둥 마는 둥

부림시장 지나며

아이를 못 낳으면 어쩌지
장남이고 장손이니 대를 이어야 한다는 걸
귀에 딱지가 앉도록 들었으니
여자 친구도 없는데 걱정부터 하면서 살았다
부자가 되어야 하고
아들도 낳아야 하고
우리 장조카 장가가기 힘들 것네 놀리고
남자가 배불러 아이를 낳을 것도 아닌데
쓸데없는 고민거리를 달고 살았다
마음씨 이쁜 색시를 만나는 것이 중헌디
한마디씩 해대는 집안 어른들이
명절이 미웠다
직장 따라 처음 이곳에 왔을 때
가까운 시장을 물으니
주인 아주머니의 억센 경상도 사투리가
불임시장, 한다
아이를 못 낳는 시장이 있는가
내 귀의 오류다
사투리 발음의 오류다

결혼도 안 한 녀석의 생각에
지나가는 개도 웃을 일이다
시장 사람들이 웃을 일이다
나란히 걷고 있는 아들은 비혼주의자다

나를 비우는 법
- 대장내시경 검사

비우고 또 비웠다

삶의 욕심마저 비웠더니

세상에서 가장 편한 자세를 취하란다

태아의 초음파 사진처럼

손발 모으고 옆으로 구부려

떨어지는 링거액의 투명한 방울들 헤아리고

내가 모르는 나의 깊은 곳 성찰하면서

엄마 뱃속에서

잠이 들었다

구석구석 동굴 탐사선이 유영을 마치면

까르륵 웃고 발길질하다가

배시시 눈을 떠서

채워지는 소리 듣는다

고라니가 뛰어가는 날

밭 가운데로 널 뛰듯 달려온 널 보았지
도로에는 차들이 달리고 있었지
어슴푸레 해가 지고 있었거든
도랑을 뒷발로 힘차게 차는 것으로 보아
넌 분명히 길을 잃었던 거야

명동의 지하차도에서도 그랬지
맞은편에 있는 건물에 닿지 못하고
엉뚱한 곳으로 나온 거야
다시 지하도로 들어가서 여러 갈래의 길에서
손바닥에 침을 뱉고 후려치며 점을 치기도 했지

허들을 넘는 육상선수처럼 다리를 힘차게 뻗었잖아
잠시 멈춰서서 멀뚱멀뚱 주위를 살피다가
나와 눈이 마주치지 않았니
다정한 눈길을 보냈는데도 내가 하이에나로 보였니
갑자기 뽑지 않은 고춧대를 뛰어넘었잖아

찬찬히 지하도에 안내된 글자를 읽어 갔어

촌놈처럼 사방을 둘러볼 수밖에
순간 거친 호흡으로 다가오는
덩치 큰 반가운 친구
놀란 사슴처럼 눈동자만 굴렸으니까

지하도를 오르내리는 악몽을 꾸고 있었지
자동차 경적에 놀라 뛰던 날일 거야
달빛이 환한 곳을 같이 걸어가고 있었어
별이 쏟아지는데 그럴 수 있다고 서로를 토닥였지
텅빈 들판 한가운데에서

유리의 집

무덤들 사이에서
하늘에 닿고자 하는 고구려의 비석이
유리의 집에 살고 있다

대륙을 질주하는 말발굽 소리 들으며
정으로 새긴 무거운 갑옷 입고
살아야 하는 이유가 있는가 보다

깨져서 피가 고인 곳으로
빗물이 새어 들어와
옷을 벗지 못하는
비밀이 있는가 보다

비바람 눈보라 온몸으로 막고 견딘
먼 곳 바라보는 거대한 꿈
큰 집을 지은 이는 알고 있을까
고개를 꺾고 바라보는 관광객
비가 온다

유리의 집에 빗물이 흐른다
물이 번져서 만드는 광활한 지도
주인은 왜 당당하지 못한 것일까

입김이 서려 운무가 되고
집이 흐릿하게 멀어진다

비를 맞는 해설사
여기는 국내성, 집안현이다

대구大口

방류한 어린 대구가 돌아오고 있다
비린내 잔잔한 거제 앞 바다
빨래줄에 매달린 큰 입들
지는 해를 한 입씩 물고
큰소리치고 있다
삶은 쉬엄쉬엄 욕심 없이 가는 거라고
싱싱한 회 한 접시 생각나
평상에 엉덩이를 걸치니
걸쭉한 주인 여자의 입담에
초고추장 바른 것 같은 큰 입들
뭐라고 한 마디씩 지껄이고
만선滿船이 아니라도
소주 한 잔에 붉게 출렁이는 바다
큰 입들이여 기억하는가
과식은 건강의 적이라는 것
잠시 잠시 맞장구치며 낯선 곳 풍경 담아
입은 작지만 술잔을 기울이고
상추쌈 크게 싸 욱여넣으면
나도 대구大口가 된다

새가 모이는 나무

따스한 햇살 안아주는 사제관 앞 금목서
코로나로 미사는 중단되었는데
작은 새들이 떼로 모여와 미사를 청한다
신부님은 창문 열어 성호를 긋고
칠순의 할아버지와 손주들이 봉헌하는
장엄하고 황홀한 축제가 시작된다
갈 곳 잃고 모여든 어린 새들
잔주름 늘어난 가지에 매달려
수염을 뽑을 기세로 시끄럽게 찬양하고
축복은 향기로 쏟아진다
향기를 잉태하는 나무여
꽃잎 물고 만리를 가게 하소서

봄날은 간다

나는 여자를 빤히 바라보는데
여자는 나를 바라보지 않는다

낡은 컴퓨터가 차지하고 있던 자리
고양이처럼 올라앉은 거울 앞에서
턱을 괴고 창밖을 보고

장미를 사고 싶었는데 마음이 바뀌어
은은하게 날아오는 화장품 냄새 맡는다

마스크가 막아버린 코와 입에
투명 가림막으로 차단하지 않은 음악이 흐르고
햇빛에 이끌려 들어오는 가로수

전생에 꽃이었나
소문처럼 날아가는 벚꽃잎 하나

거울 속 회랑에서

거울 속 긴 회랑을 걸어가는 동안
갈증이 나서 정수기를 찾는데
숨기지 못하는 또 다른 내가 따라왔어요

나뭇잎 속에 숨어서
슬프지도 않으면서 서럽게 우는 매미처럼
투명한 유리의 조작이라고
자신을 둘러싸고 있는 모함이라고
선문답이 오갔어요

거울로 둘러싸인 벽에는
자신만 보이는 부끄러움이
자신만 보이는 회개가
자꾸만 물을 찾게 만들었어요

화난 얼굴로 철부지 행동을 꾸짖고
회랑 끝에 놓여진 정수기 앞에서
눈물을 멈추고 돌아보는데
내가 물을 마시고 있었어요

성
선
경

1960년 경남 창녕 출생
1988년 한국일보 신춘문예 시부문 「바둑론」 당선
시집 『네가 청동오리였을 때 나는 무엇이었을까』
『파랑은 어디서 왔나』 『봄, 풋가지行』 『석간신문을 읽는 명태 씨』
『까마중이 머루 알처럼 까맣게 익어 갈 때』 『진경산수』
『옛사랑을 읽다』 『모란으로 가는 길』 『몽유도원을 사다』
『서른 살의 박봉 씨』 『널뛰는 직녀에게』
『아이야! 저기 솜사탕 하나 집어줄까?』
시조집 『장수하늘소』
시선집 『돌아갈 수 없는 숲』
시작에세이 『뿔 달린 낙타를 타고』 『새 한 마리 나뭇가지에 앉았다』
산문집 『물칸나를 생각함』
동요집 『똥뫼산에 사는 여우』(작곡 서영수)
고산문학대상, 산해원문화상, 경남문학상, 마산시문화상 등 수상

백로白露

화왕산 억새의 흰 머리칼이
바람에 흩날린다
이렇게 늙어가는 것들이야 어떻게 하겠냐만
남도 삼백 리 너른 들판에 풍년이나 들었으면
이런저런 생각이나 하면서
나도 이제는 흰 머리칼, 백로白老다
이렇게 늙어가는 것이야 어떻게 하겠냐만
주머니 사정이나 넉넉하여
못난 벗들에게 술이나 한 잔 권할 수 있다면
이런저런 생각이나 하자니
풀잎 끝에는 이슬이 맺히고
마음 끝에는 애잔한 생각이 맺힌다
강남의 제비도 돌아갈 집이 있듯이
나에게도 돌아갈 집이 있다면
이렇게 늙어가는 것쯤이야 무슨 대수
이제야 제 분수를 아는 것만도 천만다행
화왕산 억새의 흰 머리칼이 바람에 흩날리듯
가을바람에 내 흰 머리칼도 흩날린다
이렇게 늙어가는 것이야 어떻게 하겠느냐만

못난 벗들에게 술이나 한 잔 권할 생각을 하니

마음의 끝에는 애잔한 생각

나도 이제 백로白老다.

꽃, 만개滿開

애야! 늦겠다, 그림은 언제 그릴래? 그럼
다시 꽃 피는 봄이 오면
그 그림 색칠은 언제 다 할 거야? 그럼
다시 꽃 피는 봄이 오면
그 큰 나무는 언제 열매를 맺는고? 그럼
다시 꽃 지고, 다시 봄이 오면
목이 긴 기린은 다리도 길어 벌써 지쳤는데!
그래도, 꽃 피는 봄이 오면

꽃방석 위에 천천히 꽃패를 펴는데
마음에는 이름 모를 새소리가 들리고
화투장에는 온갖 꽃들로 찬란燦爛합니다, 그럼
오겠지요, 꽃 피는 봄.

장엄莊嚴

연잎에 물방울이 구르는데
맑은 하늘이 다 비친다
물방울 눈동자에 해가 빛난다
누가 어떻게 알았을까
저기에 한 생애가 다 담긴 것을
나도 그 속으로 끌려 들어간다
천천히 아주 조용히
한 우주가 또 또르르 구른다.

장엄莊嚴 2

꽃이 진다기로 벚꽃만 같을까?

화르르르 목젖을 보이며 깔깔거리는 저 아이들

부슬부슬 가랑비에 여좌천이 다 젖는다

봄날도 다 봄날만 같지 않아서

바람 한 점에도 청춘靑春은 눈발같이 흩날려

웃다가 속눈썹 끝자리엔 눈물이 맺힌다

부슬부슬 여좌천이 다 젖는다.

비비추

　봄바람에 비비추 볼 부비며 비비추 넓적하니 쌈 싸먹으면 좋겠네 비비추 비비추 술 없는 콜라텍같이 펄럭펄럭 언제 꽃핀 날 있었느냐? 비비추 비비추 너랑 나랑 비비추 몸 부비며 팔랑팔랑 비비추 아파트 모퉁이 돌아가는 길목 몰래 숨어서 비비추 비비추 몸 부비며 비비추 담배나 쪽쪽 빨다가 꽁초를 휙 아무데나 던지는 아파트 모퉁이 돌아가는 길목 비비추 비비추 팔랑팔랑 비비추 넓적하니 쌈 한 번 싸먹으면 좋겠네 팔랑팔랑 비비추 펄럭펄럭 비비추 꽃도 없이 몸 부비며 비비추 비비추.

초록의 시간

나는 처음의 생각이 굳건하다고 믿고 있지만
가끔 저 초록草綠 앞에서는 무참히 무너진다

하늘이 푸르다고 말하다 초록을 열고 보면
이건, 뭐지? 애벌레에서 날개까지
한없이 푸른 이파리로 무너지고 만다

초록에 지쳐 단풍丹楓든다는 말
초록이 짙어 단풍丹楓들 수도 있는 일

하늘은 푸르다고 말하다가 저 초록을 보면
아니, 이건 또 뭐지? 입하立夏에서 소만小滿까지
모든 생각 간단히 무너지고 만다

저렇게 짙어오는 네 사랑이 그렇고
이렇게 푸르른 내 그리움이 그렇다

초록에 지쳐 지쳐 단풍든다는 말
초록이 짙어 짙어 단풍들 수 있는 일

초록은 나무의 심장心臟이 켜는 순결한 빛이라서
가끔 나는 저 거침없는 초록草綠 앞에서는
한없는 이파리로 무너지고야 만다
모든 처음의 생각은 굳건하다고 믿고 있지만
초록 초록 무너지고 만다.

참외

이 초복에 참외를 깎아 혼자 한 개를 다 먹다니
어쩐 호사로 참외를 혼자서 다 먹는 담
나는 어딘가 눈치가 보이고 뭐 죄 짓는 기분
나누고 나누어서 겨우 한 쪽
그것이 내 차지였을 때는 편안했는데
이 큰 참외를 혼자서 다 먹는 기분
나는 어딘가 눈치가 보이고 뭐 죄 짓는 기분
너 어디 생일상 받듯 독상獨床 한 번 받아봐라
나는 어딘가 눈치가 보이고 뭐 죄 짓는 기분
없는 집 장손이 이래도 되남?
콩 한 쪽도 나눠서 먹어야 되는데
어쩐 호사로 참외를 혼자서 다 먹는 담
이 초복에 참외를 깎아 혼자 한 개를 다 먹다니
나는 어딘가 눈치가 보이고 뭐 죄 짓는 기분
어쩐 호사로 참외를 혼자서 다 먹는 담
없는 집 장손이 이래도 되남?
나누고 나누어서 겨우 한 쪽
그것이 내 차지였을 때는 편안했는데
나는 어딘가 눈치가 보이고 뭐 죄 짓는 기분.

직방直放

직방直放의 시인 유홍준이
내게 보내준 새 시집엔
낫에 베인 풀의 비린내가 짙고 짙다
하여간 코를 찌른다
고향이 어디 산청 생초生草라 했던가?
저 풀 비린내, 그곳에서 왔는가?
새로 나온 시집을 읽다 내 가슴도
그 낫에 그냥 베인다
직방直放으로 베인다. 윤사월
보리누름에 코를 찌르는
"너의 이름을 모르는 건 축복"이라는
저 생의 풀 비린내.

직방直放 2

회갑 기념으로 낸 시집

"네가 청둥오리였을 때 나는 무엇이었을까" 서평에다

장석원 시인이 나를 젊다, 라고 썼다

레너드 코헨을 언급하며

"젊고, 아리고, 쓸쓸"하다고 했다

심장이 '쿵' 했다

아픈 명치 끝

나는 제대로, 직방直放으로 한 방 먹었다

한 방에 훅 간다.

직방直放 3

안티푸라민은 가정상비약
만병통치약처럼 오만가지에 다 쓰인다
모기에 물렸을 때
벌에 쏘였을 때
부스럼이 났을 때
나뭇가지에 긁혔을 때
발을 삐끗했을 때
이만데 저만데 오만가지로 다 쓰인다
때로는 돌팔이 약장수의 십전대보탕같이
내가 마음이 심란하여 안절부절
머리가 어지러울 때에도
입술 주위에 쓱 한 번 바르면
엄마 손처럼 즉효卽效다
단 한 방에 끝난다, 안티푸라민
직방直放이다.

이
강
휘

부산 출생
부산대학교 국어국문학과 졸업
부산대학교 국어교육전공 석사
2014년 계간 『문학청춘』 신인상 등단
시집 『내 이마에서 떨어진 조약돌 두 개』

손님맞이

하루 새 낯선 손님 세 명이 다녀갔다.
누구의 소유도 아닌 집
누구나 소유할 수 있는 집
적어도 내 것이 아닌 우리 집
맞아, 집 앞에 명패에 적힌 숫자는
내 이름이 아니지.

– 실례 좀 할게요.

네 번째 손님들이 오신다.
앉은 채로 오억을 벌었다는 누군가에 대한 동경
가만있다 오억을 잃었다는 어떤 이에 대한 동정
그 사이 어디쯤에
얼쯤얼쯤 나는 선다.

수數를 향해 반짝이는 눈빛들
오늘 본 네 명의 손님, 그보다 많은 예비 손님들
그들 사이에서
나는 산다.

자장가

잠에 들지 않으면
꿈의 요정이 만든 꿈을 만나지 못한단다.
눈을 감으렴, 아가야.
그곳엔 쿠키로 구운 벽에 달린 창문 틈으로
솜사탕 같은 아가양이 잠을 자고 있단다.

앞뜰도 뒷동산도 없는 우리집
그래도
네 머리 뉘일 무릎이 있으니

잘 자라 우리 아가

아픔보다 안도

다리가 저려 병원에 간다.

─이상근 증후군입니다. 무리를 하셨네요.

무리가 상식인 사회에서
무리 좀 했다고 이상근에 이상이 있다면
내가 이상한 거 아닌가요?

─걱정마세요. 이상근 증후군은 흔한 질병입니다.

다행이네요. 하기야 다들 이 정도 무리는 할 테니까요.

─무리하지 말고 쉬면 좋아질 겁니다.

선생님도 아시다시피
무리하지 않고 어떻게 이 사회에 적응하나요.
다른 방법은 없나요?

─그럼 약 꼭 챙겨드시고요.

병원을 나온다.

다시 책상에 앉는다.

다리가 저린다.

사회에 잘 적응하고 있다는 신호다.

마음이 놓인다.

약은 먹지 않아야겠다.

만 원으로 손녀의 영웅이 되는 법

한때 그는 누군가의 영웅이었다.

유리창 속을 노려본다.
사냥감은 무리 속에 잘 숨어있다.
만만치 않은 싸움
노련한 눈에 비해 앙상한 뼈만 남은 손은 무디다.
눈앞에 놓인 사냥감조차 움켜쥐질 못한다.

사냥감을 바라보는 어린 눈빛이 창에 비친다.

주름진 시선이 다시 사냥감을 향한다.
무리 사이 벌어진 틈새로
재빨리 손을 뻗는다.
홀로 남은 사냥감이
눈을 질끈 감는다.

사냥감은 어린 품에 꼭 안긴다.

그는

다시 영웅이 되었다.

탁주

딸아이가 주황띠를 받아들고서는
아빠는 무슨 띠야
아빠는 닭이야
나는 주황띤데 엄마는?
엄마는 돼지야.
나는 주황띤데
온 세상을 주황으로 물들일 기세
내친김에 검은 띠까지 받아오겠노라고 선언하는데

가만, 이 아이가 나이를 먹어가며 만날
세상의 혼탁함에 맞서려면
하양에서 주황으로 주황에서 초록으로
띠색도 점점 탁해져야하겠구나

무도가들의 깊은 뜻을 헤아리며
탁, 하고 무릎을 치고 걸치는
탁주 한 잔

자기소개서

시를 노래한다고 하더니
만날 펜만 잡고 있으니
시란 글과 노래, 그 어디쯤

연봉 꼴찌는 아니라지만
그래도 시 한 편에 오만 원이니
시인이란 부자와 빈자, 그 어디쯤

시 쓸 시간 있는 걸 보니 한가로운가보다는 핀잔도
어떻게 시간을 내서 시를 쓰냐는 칭찬도 듣는 처지니
시 쓰는 일이란 여유와 근면, 그 어디쯤

고로 시인이란
지평선과 수평선이 맞닿아 있는
그 어딘가에 서서
가끔은 이쪽으로
때론 저쪽으로
시선을 내어줄 줄 아는
이 세상 가장 중립적인 자

주제파악

언제나 생각지도 못한 장소에서
그들은 시인의 머리를 두드린다.
그럴 때마다 그는
서둘러 그들을 노트 속으로 들인다.

그들은 좀처럼
가방 속 노트를 빠져나오지 못한다.
세상을 바꾼다는 어린 꿈들은
햇볕 한 번 받지 못한 채
바래어 간다.

어둠 속에 숨죽임을
더는 참을 수 없었던 그들은
드디어
제 스스로 가방끈을 끊고
탈출을 감행한다.

그러나 그들은 곧 자신들이
목마른 이의 물도

배고픈 이의 빵도
가려운 이의 손도
한 푼어치의 값도 되지 못함을
알게 된다.

결국 제 발로 노트 속에 들어가
다시 가방 속으로 주섬주섬 구겨지는
시어들, 낙서들
의미 없는 말장난들

밤과 낮(Night and Day*)

밤이 되면 잊힐 줄 알았다.
그대 뜨거운 숨결을 거부한 채
등 돌려 앉아 있으면
영원한 어둠에 잠식되어 살아갈 수 있으리라 믿었다.

그대의 흔적은
서서히 그리고
천천히
인지하지 못하는 속도로
앉은 자리를 달구고
마침내
눈이 아려올 만큼 강렬한 빛을
떠안긴다.

그래, 낮과 밤
그 언제도 벗어날 수 없다면
나 여기
가만 앉아 있겠다. 그대
저 어둠을 밀어내는 빛처럼

서서히 그러나

확실히

내게로 오라.

* 「Night and Day」, Philippe Lemm Trio

뜨내기가 뜨내기에게

– 선산에서

아침이 채 도착하기도 전
장이 열린다.
트럭에 꽉꽉 채워진 냄비와 다라이가
주인 여자의 재빠른 손놀림에
하나씩 자리를 잡아가고
수많은 허기가 남긴 생채기로 가득한 식기는
제 색을 잃어버린 박스에 담겨 차곡차곡 쌓인다.
정착과 떠날 채비가 동시에 일어나는 신비한 풍경
주인 남자는 살짝 굽은 허리로
우물 같은 솥에서 쉴 새 없이 국을 퍼 나른다.

나는 낡은 테이블에 앉아
해장국 한 그릇을 먹고 지폐를 건넨다.
주인 남자는 감사하다는 인사와 함께
온몸을 감싼 굵은 핏줄로도 세우지 못한 허리를 조금 더
굽힌다.
여느 가게에서 으레 듣는 또 오시라는 말은
나오지 않았다.

볕에 뜨겁다.
뜨내기가 뜨내기를 맞는
오일장이 한창이다.

구시가求詩歌
– 수승대搜勝臺에서

온몸에 시를 갑주甲冑로 두르고서
잔뜩 도사린 채
또 무슨 시를 기다리는가.

단 한 편의 시도
아니, 한 구절조차도
내어놓지 않을 태세.
허나 오늘만은 기필코
네 몸에 두른 시 한 편 받아 가리니

거북아 거북아 시를 내놓아라.
내놓지 않으면

네 등허리에 올라 술상을 받아놓고
바람이 실어온 시 한 편은 술잔에 담고
구름이 흘러놓은 시구詩句는

구워서 먹으리.

이
기
영

2013년 『열린시학』 신인상 등단
전국계간지우수작품상 수상, 김달진창원문학상 수상
시집 『부에나 비스타 소셜 클럽』
『나는 어제처럼 말하고 너는 내일처럼 묻지』
디카시집 『인생』

다시 봄,

앵콜이라는 환상으로
눈이 먼 채
부서져 내리는
사과꽃이
온통
절창이다

아직 사과꽃이 없었을 때

그곳에 있던
어느 돌멩이나
들풀이나
들꽃도
있기 전

지금 사과꽃은,

돌멩이나 들풀의 정수리가
파헤쳐지기 전

아득한
눈빛에서 온 것은 아닐까
다 하지 못하고
삼킨
목소리는 아닐까

여전히, 그러나 간신히

나는 매일 풍향계가 가리키는 곳으로 걸어가 날짜 변경선을 통과하여 하루를 더 반복한다 매번 알면서도 모르게 왔다 가는 오늘이, 누군가 변형된 형태로 개입하는 오늘이, 깨고 나면 어디서부터 오늘인가

아무도 모르는 어제와 오늘, 잔인한 그 틈바구니에서 나는 안개 속을 떠도는 환영 같아

꼭 붙잡아, 놓치면 안 돼

길게 외마디로 끌려 나온 불안이 허공에 끊어질 듯 외줄 타는 사람 같아

허공으로 뻗은 뼈만 남은 손이 엄마를 부르며 울 때 그 손을 붙잡아 내리는 손이 함께 운다

떠날 사람은 떠나고 아픈 시간을 묻은 사람은 남아 아무렇지 않은 오늘이 어제처럼 운다

어떻게든 아무렇지 않으려고 어제가 오늘처럼 또 운다

피멍이 번지고

우리 애는 절대 안 물어요

목줄을 놓은 주인은 개가 마치 사람이라도 된 것처럼 말
하고

개가 무슨 애냐고 사랑스러운 개에게 목에 핏대를 세우
는 동네 남자의 고단한 하루를 덮으며

하늘 저 멀리 피의 멍울이 번진다

위로도 아닌 것이 저항도 아닌 것이 방어인 것처럼 발작
인 것처럼 개의 눈동자로 남자의 가슴 안으로

피멍은 금방 들킬 회오리 아우성을 끌면서 짓누르면서

천천히 어둠에 잡아먹히고

사람이 되려고 한 적 없는 개도
개를 사람으로 만들어주려는 주인도

개처럼 살고 싶지 않은 남자도

각각 제 집으로 돌아가고

밤이 아픈 줄도 모르게 어설프게
고단한 집의 등을 밟고 온다

식물원

열대식물은 언제나 변함없이 무럭무럭 자라고 푸르고 한 점 불평 없고 행복하고 계획된 불빛 아래에서 낮도 밤도 황홀한데

멀고 먼 아프리카 어느 버려진 마을에서는 아카시나무 아래 기린이, 긴 목이, 더 이상 닿지 않는 잎이, 불타는 저녁노을을 바라보는 눈동자가, 다시 속잎이 나올 때까지 아득해지고 있다 건기의 오랜 목마름으로부터 헤어날 수 없는 수렁에 대해 책상을 치며 우리가 밤새워 토론하는 동안에도

아름다운 돔식 유리천장은 백 년이고 천 년이고 안전하게 싱싱하게 보호되고 보존될 것이기에 열대우림을 본 적 없는 우리들은 무성한 숲을 흉내 내며 맑고 환한 유리의 바깥을 잊는다

네가 나를 자유라 부를 때

흘러가는 구름을, 강물을, 바람을, 동경하였다 담아두려
고 아니, 가두려고 스스로 물 속으로 걸어 들어갔다 흘러
가야 할 것들은 흘러가고 머무는 법이 없었다 갇힌 건 아
니, 가둔 것은 썩고 문드러져 마침내 제 처음을 잊어버린
늪뿐이었다 늘 그 자리에 그대로인 것 같아도 한순간도 같
지 않았다 새싹이 제 힘껏 싹을 틔우는 때에도 그 싹이 무
성한 여름을 만들어도 마침내 텅 빈 시간을 마주하고 있어
도 모든 것은 그대로 인 듯 변하고 있었다 모든 것이 변한
듯 그대로였다 천 년 전이나 천 년 후에나 그것은 너무나
도 자연스러웠다 아니, 매 순간마다 자유로웠다

그승

피안으로 드는 길은 아득하여라
이승 너머의 너머에
저승이 있고
이 세상과 저 세상 사이 그승에는
첩첩 알 수 없는 골과 골이 있어
꽃 피었다 지는 그 사이가 있어

마음 하나 올곧게 세워 한 평생
앞만 보고 걸어도 발밑은 늘 허방이어서
세상은 뜬구름 같기만 하였어라
빛의 그늘만 같았어라

그승,
바람의 집 한 채 품은 그곳에 들어
이름 없이 가뭇없이

자정에 깨어있다면 뫼비우스 띠 같겠지만

자정에 깨어있는 사람들은 갑자기 몰아친 지루한 고민 끝에서 어떤 방식으로든 한밤의 끝을 보고 싶어 하지

침대 끝 축축한 느낌이 서늘한 냉기로 바뀔 때까지 결심을 바꿀 변명을 찾고 있지

기다려 줄래?

맨발로 걸어가 신발을 찾을 때까지 신발을 찾아 신고 뼛속까지 채워진 냉기를 데울 때까지 이상한 일도 이해할 수 없는 일도 완전해졌다고 속을 때까지 속일 때까지 상상을 하다가 느슨해진 심장이 비밀 암호를 알아낸 것처럼 갑자기 즐거워질 때까지

천천히 견뎌줄래?

자정을 넘기고도 계속해서 앉아있는 사람아 당신의 꼬리가 꼬리를 물고 더 이상 빙글빙글 돌지 않아도 될 때까지

SHOW TIME

무대 위 핀라이트를 받으며 노래하는 두 사람

목소리가 클라이막스에 가까워질수록
나는 점점 더 불빛에 눈이 아파오고
캄캄한 객석의 서로를 모르는 사람들은
더 이상 기뻐할 일 없을 거라는 표정으로,
고막을 찢는 앵콜로,
계속해서 과잉된 무대를 부풀리고 있었다

쇼는 끝났어
이제, 돌아갈 시간이야

마지막 악장이 끝나면
여기는 적막의 밑바닥까지 가라앉을 거야
부풀었던 만큼 추락하면서

이
달
균

1957년 경남 함안에서 출생
87년 시집 『南海行』과 「지평」으로 문단활동 시작
시집 『열도의 등뼈』 『늙은 사자』 『문자의 파편』
『말뚝이 가라사대』 『장롱의 말』 『북행열차를 타고』 『南海行』
창비 6인 시집 『갈잎 흔드는 여섯 악장 칸타타』
시조선집 『퇴화론자의 고백』. 현대가사시집 『열두 공방 열두 고개』
영화에세이집 『영화, 포장마차에서의 즐거운 수다』
중앙시조대상, 조운문학상, 이호우 · 이영도 시조문학상,
경남문학상, 경상남도문화상 외 수상

섬진강

숫나무 정액이 말라가듯 강물이 준다
솟대의 목덜미가 유난히 추워 뵈는데

입동이 코앞인 줄은 말 안 해도 알것다

2월 바람

껑충! 키 큰 바람이 2월을 걸어온다

처음 신은 하이힐의 낯설고 어색한 보행

그녀가 혹여 다칠까 천천히 봄이 따라온다

풋눈

설핏 눈이 내렸고, 낮잠에 빠져 들었다

잠이 깰 때까지 전화는 오지 않았다

마침내
사랑이 끝났다
막이 내린 것이다

펀드매니저

악어라 불리는 사내가 있었다
눈빛은 달빛에 벼린 칼날처럼 차가워
냉철한 포식의 순간을 숨죽이며 기다린다

주파수는 언제나 낮은 곳을 향한다
모였다 흩어지는 개미들의 두런거림
이빨이 자라는 만큼 귀도 함께 자란다

모니터에 찾아온 악어새를 데불고
낮고 느린 음악에 생각을 데우며
고요한 늪의 시간을 묵상으로 이끈다

드디어 장이 선다 먼지가 밀려온다
지축을 흔드는 누우떼의 움직임
벼려온 칼을 던져라 과녁이 바로 여기다

손편지

시계를 안 본 지 일 년이 되어가네요
손목이 가늘어지니 자꾸만 미끄러져
서랍에 넣어둔 것이 벌써 지난 가을입니다

환자복 입은 햇살이 시한부를 사는 오후
그녀의 손편지에 지문을 그려 넣다가
불안한 기침에 지는 구절초만 바라봅니다

창을 기어오르는 곤충이 기울 때마다
한기는 겨드랑이에서 등으로 옮겨가고
며칠째 변비를 앓는 가을비가 스산합니다.

환여동 바다

- 윤석홍 옛집

다 젖은 머릿결로 바다가 찾아와
들어가도 되겠냐고, 속살이 궁금하냐고
그렇담 같이 누워줄게
나도 조금 젖었으니

아침에 깨어보니 바다는 언제 갔는지
마당엔 발자국만 하얗게 남아 있었어
행여나 친구가 볼까
황급히 쓸어버렸지

역병疫病

- 난중일기 19

통제공 분부대로 천기 살펴보니

사람 일이야 밤낮으로 방비하여 귀선龜船, 판옥선板屋船 채
비도 튼튼하고, 군량이며 화살촉도 착실히 쟁여두어 한 시
름 놓았으나 무릇 근심됨은 경자년 하늘 드리운 어둡고 습
한 기운, 대국에서 비롯되어 황하 건너뛰어 봉쇄령에도 아
랑곳 않고 기세 외려 등등하니 이 난이 진정 난중의 난이
아닐까 시름 깊어지옵니다

봄 가고 다시 두 계절, 천지간이 구름입니다

칙령勅令
- 난중일기 20

오늘도 화급한 마차
요란히도 달려간다

혜민서 의원들은 동의보감東醫寶鑑, 의방유취醫方類聚……
온갖 의서 펼쳐놓고 궁리란 궁리 다했으나 묘약은 커녕 이
렇다 할 묘책 없어 발 동동 구르는데 환자는 늘고 의녀醫
女도 모자라 겨우 처방이라 내놓은 것이 임금 체면에 도시
입에 올리기도 민망한 칙서라니

"묻지도 따지지도 말고 입마개를 하시오."

어느 마지막 포수의 말

그렇게 마지막 포수가 죽었다. 제 나이는 몰라도 범 잡은 숫자는 알던, 걸어 둔 사냥총 보며 숲으로 돌아갔다.

유자는 얽어도 사또상에 오르고 탱자는 고와도 개똥밭에 구르는 법. 썩어도 준치란 말은 여게 꼭 들어맞지.

화승총 쓰는 법을 가르쳐 준 어른께선 호랭이는 영물이니 잡는다는 말보다 받들어 뫼신단 말로 경계를 삼으라 했어.

산삼도 산신께 빌어야 만난다는데 몇 날을 눈으로 닦고 허기에 지치다가 처음 본 조선호랭이는 날 미치게 만들었지.

고라니 멧돼지 아무리 많아도 호랭이 없는 산이 무슨 산이관대. 백두가 백두인 것은 그들이 살기 때문이야

통일은 호랭이를 만나는 것이지. 사람이야 까짓거 올랴면 오것지만, 짐승이 철 조망 뚫고 올 재간이 있것는가?

빌어먹을 화포들 엿 바꿔 먹고 나면 그들 걸음으로야 한

나절이면 내려오지. 숲 깊지, 사계절 좋지, 먹을 것 지천이지.

　저 화승총 화약 한 번 못 쟁이고 가네마는 호랭이 포수로 산 반생이 전 생애니 난 가네, 죽어 거죽이 된 그 영혼에 입 맞추러.

　그렇게 마지막 포수가 죽었다.
　함경도라 길주 명천, 두만지괴豆滿地塊도 아득하다.
　태평령
　능선을 넘어
　그려낸 대동여지도.

흑룡강 하구에서

아버지의 북만주, 그예 얻어온 건
야윈 늑막 울리는 가래끓는 소리 뿐
북만주 개장수만도 못한 행색으로 떠돌았으리

눈 치우는 사람들 집으로 돌아가고
날 선 별이 두엇, 길은 더욱 적막해진다
두고 온 두류산 팔랑치, 바래봉은 어딘가

당신의 청춘일랑은 끝내 찾을 길 없다
찢어진 바람이었나 얼비친 눈물이었나
흑룡강, 녹았다 다시 어는 굳은살을 보아라

이제 작별하자 봄 찾아 남도 가자
철조망 녹여 만든 쟁기로 밭을 갈아야지
그 장단 노래에 맞춰 단칸살림을 시작하자

버려진 낙엽이 없듯 버려진 사랑도 없다
먼 기억 먼 하늘 떠돈 여행자에게
오늘 밤 쉬어갈 헛간 하나를 허락해다오

이
서
린

경남 마산 출생
1995년 경남신문 신춘문예 시 당선
2007년 김달진창원문학상 수상
시집 「저녁의 내부」(2016년 세종 우수도서 문학 나눔 선정)
「그때 나는 버스 정류장에 서 있었다」
날라리인문학 〈돗귀〉 · 〈시시콜콜〉 회원
경남문협 · 창원문협 · 경남시협 이사
(사)시사랑문화인협의회 부회장
문학치료 · 소통 · 청소년 인성 강사

꽃에 대한 예의

저녁 해가 토해 놓은
바다에 핀 저,
꽃

출렁이며 흔들리는 붉은 덩이가
선창을 물들이다
닻 내리던 어부의
굽은 등을 물들인다

섬 모퉁이 물결 따라 사라지는 노을 꽃

장엄하게 피고 지는 생에 대한 예의로

부둣가를 서성이던 늙은 개가 조문하는

이별의 위치

비 오는 새벽을 가로질러
섬진강 물살에 맨발을 담그네
버림받은 배처럼
강의 기슭에서 우두커니
빗방울 떨어지는 강물을 보네

쓰고 있던 우산을 접고 나서야
비로소 울음을 울 수 있었네
파랗게 여윈 발목으로 닻을 내리고

사라져 간 꿈처럼
상실한 기억처럼

물결은 멀어지네 돌아보지도 않고

복사꽃과 검은 새

알을 품기 전 새들은 가슴 털을 다 뽑는다고
한다. 체온을 잘 전달하기 위해서라고.
맨살로 알을 품기 위해서라고.

1.

못가에 어매를 묻은 사내가 있다 복사꽃 피는 나무 아래
고운 분가루로 오롯이 봉분도 없이 묻힌 한 생이 있다

달콤한 사이다가 먹고 싶다던 딱 한 모금만 마시고 싶다
던, 목이 달라붙는 갈증 속에서도 어매는 그 돈이 아까워
맹물만 삼켰다 햇빛이 들지 않는 방, 비가 오면 바다가 보
고 싶다던 그날, 저녁 밥상에 오른 구운 김 두 장은 기어코
아들 입에 넣어주고 간장만 찍어 먹던 어매의 숟가락

니를 가졌을 때 복숭아가 그리 먹고 싶었어야, 먹기는
했냐는 물음에 대답도 않고 먼 산만 보던 어매의 눈가는
주름이 깊었다

2.

물이 깊어 물빛 검은 현천지玄天池 비탈

쳐다만 봐도 가슴 울렁이는 복사꽃이 피었습니다
오늘도 못가를 돌며 울고 가는 검은 새
어김없이 깃털 하나 뽑고 갑니다
복사꽃 환한 햇볕 자리 근처에
눈물처럼 깃털 하나 떨어집니다

어쩌면 연두처럼

이쯤에서 돌아섰겠지
지그시 입술 깨물며 골목을 걸었겠지
지린내 나는 골목 안쪽
담 너머 목련 순 올라오는 여기
한번 돌아보았을까

해마다 봄이 오듯
봄마다 그 자리에 박힌 기억
얼룩진 벽에도 풀꽃 피어나듯
수줍게 올라오는 어린 순처럼
나에게 너는
만지면 손끝에 물드는 연두

갈 수도 있었던 길
– 산청 대원사에서

방장산 계곡 물소리를 업고 걸었다 굽어진 돌계단 입구
를 들어서니 어쩌자고 절 마당에 파쇄 석을 깔았을까 어지
러운 생각 마냥 적요 깨는 발소리 죄 짓는 마음으로 걸음
을 옮기는데 대웅전 뒤편 언덕 홀로 앉은 저 비구니 함께
출가 맹세했던 그날의 단발머리, 아닌 줄 알지만 힐끔 쳐
다보다 눈이 마주쳤다 서둘러 합장하고 돌아서는데 산그늘
이 좋다던 성문 스님 생각에 자꾸만 뒤가 신경 쓰였다

3월의 엷은 해가 좌선한 장독대 곁 아직은 빈 가지 사이
비껴가는 새를 본다 지금은 어느 절에서 마음 닦고 계시나
내 안의 잡념은 시시때때 일렁이는데 천광전 기둥에 매달
린 목탁 서성이는 내 눈길을, 바람이 먼저 알고 두드리고
가는구나

칠천도

그 남자의 집은 칠천도 바닷가, 저녁 먹고 밤이 이슥할
무렵 우리는 모닥불을 피우고 술을 마셨다. 그 남자를 사
랑한 여자는 고백도 못하고 마실 줄 모르는 소주만 홀짝
거렸다. 남자의 동네 친구가 밤바다에 들어가 잡은 홍합
이 모닥불 양은 냄비에서 끓기 시작했다. 그때 기타를 누
가 쳤던가. 양희은의 '모닥불'과 '한 사람'을 다 같이 불렀
지. 그 남자는 여자의 친구를 자꾸 쳐다보고 홍합탕과 소
주와 모닥불로 붉어진 얼굴들 엇갈린 마음들로 더 붉어졌
는지도. 웬 별은 그리도 쏟아지는지 새벽이 와도 자는 사
람은 없었다. 누가 누구의 입술을 살짝 훔쳤는지는 일렁이
는 모닥불만 알 뿐, 검은 바다가 밀어 올린 흰 파도 꽃, 피
고는 지고 또 피다 사라지고. 그날 칠천도 바닷가 청춘, 가
난하고 외롭고 높고 쓸쓸하니 살아가도록 태어난*

*백석 시인의 시 '흰 바람벽이 있어' 중에서

사랑은 떠나라

사랑은 떠나라
서슴없이 낙엽이 투신하듯
이별은 그렇게 하는 것
머뭇거린다고 다시 올 마음이라면
건너가지도 않았을 터

사랑은 떠나라
찢어지고 휜 겨울나무 끝
잠시 앉았다 가는 새처럼
차운 밤 서리 내린 들판
꼬리 자르며 사라지는 유성처럼
사랑아 가려면 그렇게 가라

펑펑 내리는 눈처럼 울 수 있게

비가 건너오고 있다

두께를 알 수 없는 어둠 넘어
비가 건너오고 있다
앞산 고라니 우는 사이를 지나
점점
다가오는 비
들판의 풀잎들 거침없이 난타하고
마침내 나의 창을 두드릴 것이다

운명이 덮칠 때도 그랬다
점점
점점

보면서도 막을 수 없는 것들
살다 보면 어쩌지 못하는 것은
건너와서 그냥 나를 지나가도록

밤비가
들판을
건너오고 있다

홍류동, 붉은 눈물이 흘러

우리가 알지 못하는 먼 곳에서
물과 바람에 스며든 영혼들이
깊은 계곡
숲과 더불어 살아왔네

태양과 뭇별 내리는 바위 틈
꽃 피우고 뿌리 내려 살던 어느 날
한 사람이 보이지 않고
호명은 메아리로 돌아와
쏟아지는 물소리에 목 놓아 우는 새

붉게 물든 흰자위 젖은 눈시울
대답 없는 울림에 슬픈 사람아

애가 타서 부르는 입술
나무마다 피어
붉게 타는 심정으로 불러보리라
애 끓는 슬픔에 붉게 흐르는
홍류동 물길 따라 이 세상을 가리라

이
월
춘

1986년 무크 『지평』과 시집 『칠판지우개를 들고』로 등단
시집 『칠판지우개를 들고』 『동짓달 미나리』 『추억의 본질』 『그늘의 힘』
『산과 물의 발자국』 『감나무 맹자』 『간절함의 가지 끝에 명자꽃이 핀다』
시선집 『물굽이에 차를 세우고』
문학에세이 『모산만필』. 산문집 『모산만필 2』
편저 『서양화가 유택렬과 흑백다방』 『벚꽃 피는 마을』 『진해예총50년사』
편찬위원회 부위원장. 대한민국홍조근정훈장, 한국청소년연맹 훈장
한국시민자원봉사회 훈장, 한국교총 교육공로상, 경남문학상
대한사립중고교장회 교육공로상, 경남시학작가상
경남문학우수작품집상, 신해원문화상 외 수상

새는 이빨이 없다

오늘 하루 대여섯 번 오줌을 누었다
밥을 먹고 커피도 술도 마셨다
마음이 구리니 양도 엄청나다

뇌가 무거우니
금수만도 못한 인간이 나오고
사람대가리가 생긴다

저 사람의 가슴에도
대못 서너 개는 박혀 있을 터

누가 나를 알아줄까 울지마라
새는 이빨이 없다

닭가슴살

나는 김영삼도 김대중도 싫다며
앤서니 기든스가 좋다고 했다
1도 아니고 2도 아니면 3이지
항상 누가 옳고그른지 가리려는
못된 습성을 가졌지 인간들은
사회민주주의도 아니고 신자유주의도 아니면
보수도 아니고 진보도 아니면
제3의 길이지 했다가 쫄딱 망했다
진보가 우클릭한다고 제대로 되겠어
호박에 줄 긋는다고 수박 되나
진보의 무능과 보수의 비리만 골라
섶다리를 건너자고 했으니
냇가의 돌맹이가 그냥 두었겠는가
아무래도 닭발이나 닭가슴보다야
닭날개나 닭다리가 훨씬 맛있지

꽃구경

팔순의 어머니를 업고
꽃구경 가듯 봄날요양원에 갔네
나비로 환생한 아버지와
봄꽃으로 피어난 어머니가 손잡고
두 분이 가야 할 길 환하시라 빌었네

돌아오면서 장사익의 노래를 들었네

어머니 꽃구경 가요
제 등에 업히어 꽃구경 가요
세상이 온통 꽃 핀 봄날
어머니 좋아라고
아들 등에 업혔네
마을을 지나고
들을 지나고
산자락에 휘감겨
숲길이 짙어지자
아이구머니나
어머니는 그만 말을 잃었네

봄구경 꽃구경 눈감아 버리더니
한 움큼 한 움큼 솔잎을 따서
가는 길바닥에 뿌리며 가네
어머니, 지금 뭐하시나요
꽃구경은 안 하시고 뭐하시나요
솔잎은 뿌려서 뭐하시나요
아들아 아들아 내 아들아
너 혼자 돌아갈 길 걱정이구나
산길 잃고 헤맬까 걱정이구나

난분분 회자정리요
난분분 거자필반이라
팔순의 어머니를 업고
꽃구경 가듯 봄날요양원에 갔네

바다의 물총
- 통영예찬

바람에서 아랫목 정서가 느껴지니
미륵산 산등성이에 진달래가 한창이다
통영 영운마을 가야지
우렁쉥이면 어떻고 멍게면 어떻노
저 붉음을 거제 동백도 당하지 못해
멍게꽃밭 농염한 주홍에 마음이 탱탱하다
알멍게가 되기 전
도깨비 방망이에 붙은 살맛에
소줏잔이 그냥 넘어간다
쌉싸름하다가 달큼하다가 싱싱한 바다 맛
멍게비빔밥도 좋고 멍게찜도 예사 맛이 아니지
멍게튀김이나 멍게죽은 또 어때
수족관에서 만나는 바다의 물총맛도 괜찮다

병아리꽃

보라색이 많지만
흰꽃도 있고 노란꽃도 있어요
뻣뻣해서는 볼 수 없어요
한껏 키를 낮추어야 보지요
순진한 사랑이라 무시하지 마세요
산과 들에 지천이지만
관심이 없으면 봄이 아니지요
피었다 져도 봄은 오고 가지만
그대는 언제나 제비꽃을 피워요
사랑을 담아 놓고 가지요
울 아버지 산소에 가면
할미꽃만 아니고 병아리꽃도 피어서
무딘 내 감성의 옆구리를
툭툭 두드리고 가지요

햇살 아래 답청 가세
– 눌재에게

낙하산은
바람의 흐름을 잘 타야 하고
낚시꾼은
물의 흐름을 잘 타야 한다는데
그대와 나
인간사도 마찬가지 아닌가
그대를 만나
해 질 녘 길손이 등촉을 얻었으니
명분과 실리가 그 무슨 소용
가시에 찔려야 장미를 얻는다지만
마음보다 몸이 먼저 움직인다네

붉을 홍

홍紅과 자紫와 주朱는
모두 붉은색이지만
진짜는 주朱다
사이비들이 마구 판을 치니
진짜가 설 자리가 없다

사월

우리가 오래전에
엘리엇의 잔인한 황무지를 놓아주었듯
김수영도 신동엽도 이젠 놓아주자
하늘도 구름이 있어야 하늘이고
껍데기 없는 알맹이도 없는 법이니까
간혹 먹구름이 마음을 가로막고
총칼이 지붕을 덮더라도
이제 사월을 팔아 밥을 먹지 말자
바람보다 먼저 눕는 우리가
온몸으로 세상의 먼지를 맞자
바람에 날리는 꽃잎 한두 장
곧 들려올 개구리 소리면 충분하니까

삼월 삼진날

벚꽃이 지고 연두의 세상이건만
염치불고廉恥不顧의 나날이다
코로나로 시대와 불화하는 건
그대와 나뿐 아니지만

동네 떡집에 진달래 화전이 나왔다
주인장의 얼굴이 떠올랐다
저건 봄날 한정판이지
무조건 사서 한입 먹었는데
일년춘색복중전一年春色腹中傳1)일세

아래층 할머니 두어 개 드렸더니
세시풍속이 그립다며
이 귀한 걸 하신다

---

1) 조선 선조 때 시인 임제. 한 해의 고운 봄빛 뱃속에 전해지네.

코로나 시대

위축되지도
착각하지도
방심하지도 않았는데
삶의 균형이 깨졌다

쏜살은 내 것이 아니다
지나간 시간이 그렇듯

산 하나만 넘어도
사는 방식이 달랐건만
이젠 너도 없고 나도 없다

사람이
높은 산에 걸려 넘어지나
돌부리에 걸려 넘어지지

| 평설 |

시마詩魔에 홀려
무한궤도를 도는 어정잡이들

이 달 균(시인)

1. 해답을 얻지 못할 땐 초심에 기대어 보자

이번 '하로동선夏爐冬扇' 평설이 늦어졌다. 세월 속에서 늘 스믈스믈 올라오는 질문에 대한 답을 얻지 못했기 때문이다. 가령 우리 시대에 "왜 시인가?"하는 것과 "왜 동인인가?" 하는 몇 가지에 대한 대답은 현재 부재하다. 지난해 하로동선 관련 글을 쓰면서도 명쾌한 답을 얻지 못했으므로 여기서는 그냥 눌러두고 갈 수밖에 없다.

모두에게 적용되진 않겠지만 나의 경우, 약간의 밑천으로 10여 권의 책을 펴내다 보니 매너리즘의 늪에 빠지기도 하고, 또 자기 표절에 대한 엄격함을 지켜 갈 수 없는 한계에 봉착되곤 한다. 이런 상황 속에서 동시대를 건너는 동인들의 시를 "어떤 시각에서 어떻게 말해야 할까?"는 가장 큰 고민이 아닐 수 없다. 피해 가려 했으나 어쩔 수 없이 쓰게 되는 것도 큰 고충 중 하나일 것이다.

이럴 땐 시계를 거꾸로 돌려 초심으로 가보는 수밖에 없다. 시를 처음 시작할 당시 읽었던 몇 권의 책들 가운데 가스통 바슐라르의 『촛불의 미학』을 떠올려 보았다. 1975년 이가림 시인이 번역하여 문예출판사에서 초판 간행한 이 책을 내가 만난 것은 1980년 즈음이 아닌가 싶다. 물론 제대로 된 의미를 알지도 못했으니 대충이었고, 페이지를 넘기기에 급급하기도 했다. 그때 백지 앞에서 마주친 나의 존재는 어떤 모습일까? 가난하고 초라한 몽상의 시간 속에서 내가 추구하는 이미지는 어떻게 표현될까. 친구 이월춘에게 편지를 보내기도 하고, 괜히 염세의 늪에 빠지기도 했다. 하지만 난 늘 막막했었다.

그 무렵 한국 시단의 지평은 넓어지고 있었지만, 마산이란 변방의 한 젊은이에겐 먼 나라의 이야기처럼 들릴 뿐이었다. 겨우 접한 것이라야 선배 시인들이 결성한 동인지와 문예지들을 통해 멀리서나마 시작詩作의 영향을 받곤 했던 것이다.

우리가 교과서인 양 끼고 다닌 '반시 동인'의 창간사에는 이런 문구가 나온다. "삶에서 떠난 귀족화된 언어에 반기를 들고, 시와 삶의 동질성을 내세우자." 이는 기존의 문법과는 다른, 시대의 고통을 극복하려는 의지와 미래를 담아낸 선언이라 생각되었다. 그러나 그들 또한 대부분 신춘문예로 등단한 이들이기에 '신춘문예 무용론'에 결박된 내겐 상당한 심리적 거리가 있었다. 어쨌든 그 이후, '오월시' 등등의 동인들이 쏟아지면서 변화의 물줄기를 형성하게 되면서 시단은 새로운 방향으로 흘러갔으나 나는 여전히 암울했고 우울했다. 그 어둠 속에서 나를 비춘 작은 빛이 있었다면 좀 전 말한 그 희미한 촛불의 의미가 아니었을까 싶다. 그 책과 동시대의 번역서 몇 권을 들고 타고난 역마살을 운명이라 여기며 전국을 떠돌았다. 뭐하나 내세울 것도 없으면서 괜히 허세를 부리며 자비로 첫 시집을 펴내는 등 허송세월했던 것이다.

그 시절 또 하나, 위안이 되었던 것은 노래에 관한 작은 관심이었다. 1960년대 미국은 베트남 전쟁으로 인한 반전 운동이 한 흐름을 맞이했는데, 정작 이런 이슈를 내가 알았던 것은 세월이 한참 지난 80년대였다. 그것도 음악다방을 들락거릴 때 DJ가 들려준 얕은 얘기를 듣고 세광출판사 판 팝송 책을 보는 것이 고작이었다. 밥 딜런과 존바에즈, 존 레논 같은 가수들이 민권·반전 운동의 선봉에 섰지만 정작 그 노래들은 피의 냄새가 아니라 서정성

가득한 음률이었음을 뒤늦게 안 것도 다행이었다. 빛을 찾지 못하고 방황할 때 위안이 되어준 포크 음악과 노랫말은 내게 큰 영향을 주었다. 저항의 방식은 칼로 대응하기보다 마음을 어루만지는 것이 더 효과적이란 생각 때문이었으리라. 나는 그런 영향으로 동인활동 당시 공격성향에서 서정성으로 방향을 틀었는데, 민병기 창원대 교수께서는 나의 첫 시집 『남해행』(1987년)해설에서 "노을빛으로 이미지화 한 것은 현실을 똑바로 직시하려고 한 것은 아니다. 그것은 어쩌면 현실을 은폐하려는 자세인지도 모른다."라고 비판적으로 적었다. 일정 부분 동의하지만 시적 변화의 몸부림이었음을 고백하고 싶다. 이런 경험은 나만의 것이 아니고, 동시대를 산 젊은 시인들이 짊어졌던 힘든 고통을 극복해 가는 과정이 아니었을까 생각한다. 2016년 밥 딜런이 노벨문학상을 받았을 때 감동은 유별나게 다가왔다.

그렇게 흘러간 도도한 시간은 80년대를 지나 90년대에 이르러 포스트 모더니즘이란 또 다른 강을 건넜고, 2000년 밀레니엄을 지나 벌써 20년이 흘렀다. 문학이 주도하던 예술 경향은 영화와 뮤지컬 같은 총체적 장르로 흘러갔고, 시는 다시 변방으로 밀려나고 말았다. 문단 역시 문제의식, 시대정신보다는 작은 겉치레를 위한 의장에 관심 있는 이들이 점령하는 언덕이 되고 말았다.

어쩌면 '하로동선'은 배 잃고 노만 잡은 격군들이 모인

소모임이란 생각이 든다. 바슐라르가 말한 우리들 개인은
'몽환적인 개성'을 드러내기보다는 무한궤도를 도는 어정
잡이처럼 엉거주춤 서 있다. '불꽃은 태어나면서부터 혼
자이고, 혼자 머물러 있기를 원' 하는데 왜 우리는 혼자가
아닌, 마산이란 작은 도시에서의 집단의식을 밑천으로 삼
아야 하는가.

　이미 21세기는 하나의 지향점으로 나아가기엔 너무 복
잡하고 다양하다. 오랜 경험을 공유한 사이라 하더라도
바라보는 곳은 각각 다르다. 문제점이 아니라 차라리 바
람직한 현상으로 보이기도 한다. 그러므로 이 글은 동인
개개인의 개성이 어떻게 발현되고 구별되는지를 살펴보는
데 주안점을 두어야 한다. 굳이 써야 할 이유를 밝힌다면
그것이 아닐까 싶다.

2. 사실화로 그려낸 삶의 보편적 가치

속을 부글부글 끓여봐야
뜨거운 맛을 안다

허옇게 토해내는 거품도 더러는
오래 견뎌 낸 생의 눈물 같다는 걸

그 눈물에 입천장 데여보면 안다

뜨거운 맛을 봐야 비로소 인간이 된다는 걸

　　　　　-김시탁 「곰탕3」

　하로동선 시인들의 '따로 또 같이'의 의미는 각자의 다른 개성을 한 권 책으로 엮어 한 마당에서 읽어보는 패키지여행 같은 재미가 있다. 김시탁과 민창홍, 이월춘의 시들이 갖는 공통점은 사실화 속에 그려진 삶을 통해 보편적 가치의 아름다움을 말한다. 물론 진술의 형태나 차용한 대상들은 다르지만, 다른 경험을 통해 우리네 삶을 진솔하게 보여주는 특징을 지닌다.

　김시탁의 「곰탕」 연작은 곰탕을 통해 바라본 우리네 인생이다. '속을 부글부글 끓여봐야/뜨거운 맛을' 아는 것이나 '허옇게 토해내는 거품'이 '오래 견뎌 낸 생의 눈물 같다는' 진술이 그것이다. 부글부글 끓게 만드는 이유는 밖으로부터 기인했으나 그 고통과의 싸움을 통해 극복하는 것은 결국 자신의 내면에서 해결되어야 가능하다. 솥뚜껑 속에서 처절히 외쳐대는 그 짐승과 입천장 데어가며 하루를 사는 우리들과 무엇이 다를까. 「곰탕2」의 첫 행은 '우리 집 주방에 멧돼지 한 마리 들어왔나'로 시작되는데 이는 들끓는 솥단지 속의 곰탕을 말하고 있으나 먹이를 찾아 인간의 영역까지 내려와 울안에 갇혀 허둥대는 멧돼지와 그 앞에서 어쩔 줄 몰라 하는 우리네 이웃을 연상케

한다. 결국 곰탕의 뜨거운 맛을 통해 인간이 되어가는 과
정을 그려내고 있다.

밭 가운데로 널 뛰듯 달려온 널 보았지
도로에는 차들이 달리고 있었지
어슴푸레 해가 지고 있었거든
도랑을 뒷발로 힘차게 차는 것으로 보아
넌 분명히 길을 잃었던 거야

명동의 지하차도에서도 그랬지
맞은편에 있는 건물에 닿지 못하고
엉뚱한 곳으로 나온 거야
다시 지하도로 들어가서 여러 갈래의 길에서
손바닥에 침을 뱉고 후려치며 점을 치기도 했지

허들을 넘는 육상선수처럼 다리를 힘차게 뻗었잖아
잠시 멈춰서서 멀뚱멀뚱 주위를 살피다가
나와 눈이 마주치지 않았니
다정한 눈길을 보냈는데도 내가 하이에나로 보였니
갑자기 뽑지 않은 고춧대를 뛰어넘었잖아

찬찬히 지하도에 안내된 글자를 읽어 갔어
촌놈처럼 사방을 둘러볼 수밖에

순간 거친 호흡으로 다가오는

덩치 큰 반가운 친구

놀란 사슴처럼 눈동자만 굴렸으니까

지하도를 오르내리는 악몽을 꾸고 있었지

자동차 경적에 놀라 뛰던 날일 거야

달빛이 환한 곳을 같이 걸어가고 있었어

별이 쏟아지는데 그럴 수 있다고 서로를 토닥였지

텅빈 들판 한가운데에서

                    —민창홍 「고라니가 뛰어가는 날」

　민창홍이 마주친 대상은 고라니다. '도랑을 뒷발로 힘차
게 차는 것으로 보아/넌 분명히 길을 잃었던 거야'. 결국
고라니는 인간의 영역에 뛰어든 멧돼지와 다를 바 없다.
길 잃은 고라니를 보면서 '명동의 지하차도에서' 허둥대
며 다른 출구로 나온 시인의 기억을 떠올렸던 것이다. 이
시는 조자룡 헌창쓰듯 하는 생태시와는 거리가 멀다. 차
라리 그렇게 쓰지 않은 것이 다행이란 생각이 든다. 소재
가 궁하면 그 시대가 공통적으로 지향하는 무엇에 기대곤
한다. 시인들 역시 그렇다. 지구 환경이 변하면서 생태적
관심은 아무리 강조해도 모자라지 않지만 한 곳으로 매몰
되어가는 듯한 시인群은 그리 바람직해 보이지 않는다.
다행히도 민창홍 시인의 시선은 그곳에서 약간 비켜서서

고라니와 나와의 동질의 교감을 얘기한다.

즉, 김시탁의 경우에서 보듯 길을 잃으면 짐승이든 사람이든 솥단지 속에서 끓고 있는 곰탕의 외침이 되고 만다. 길 잘 못 든 고라니와 거대한 지하도에서 길 잃은 시인은 '달빛이 환한 곳을 같이 걸어가고 있'는 동행이 되었음을 고백한다. 서울에서 낭패를 당한 기억은 고라니의 길 잃음 보다는 훨씬 덜한 것이지만 동질의 체험을 통해 대상에 대한 애정을 확인한 훈훈한 순간이기도 하다. 뜨거운 탕에 입술 데어본 후 성숙해지는 보편성을 확인한 것은 예순이 넘은 이들에게도 여전히 값진 체험이다.

오늘 하루 대여섯 번 오줌을 누었다
밥을 먹고 커피도 술도 마셨다
마음이 구리니 양도 엄청나다

뇌가 무거우니
금수만도 못한 인간이 나오고
사람대가리가 생긴다

저 사람의 가슴에도
대못 서너 개는 박혀 있을 터

누가 나를 알아줄까 울지마라

새는 이빨이 없다

　　　　　　－이월춘 「새는 이빨이 없다」

　이 시 역시 새를 대상으로 삼았으나 그 흔한 생태시의 범주와는 거리가 멀다. 예순 넘은 사내의 직설이 공감을 불러일으킨다. 새는 이빨이 없으니 물어뜯지 못한다. 그러니 조금 시끄럽더라도 지저귐을 이해해야 한다. 그래도 행간 속에 말을 줄였으니 독자들을 끌어당기는 힘이 더 있다.

　나이 들면 더 한 것 중 하나가 커피를 마시면 소변이 마려운 현상을 겪는다는 것이다. 커피에 이뇨작용이 있다는 건 누구나 다 아는 상식이지만 나이의 징후처럼 뇨의를 심하게 느끼는 것은 예전에 없던 체험이다. 그러니 자연 신장을 의심하기도 하고, 괜히 건강을 염려하게도 된다. 그런 우려만큼 소변량도 늘어나는데, 시인은 이런 현상을 보며 '마음이 구'려서 그런 게 아닌가 하고 말한다. 이런 자책은 한술 더 떠 '금수만도 못한 인간'에까지 확장된다. 여기서 눈길 끄는 대목은 '저 사람의 가슴에도/대못 서너 개는 박혀 있을' 것이란 연이다. 뇌가 무거운 인간은 세상이 버리고 싶은 대상이지만 그 또한 대못이 박힌 까닭으로 그리된 것이 아니겠는가.

　이월춘 시학을 따라가 보면 대상을 인정하고, 스스로도 그 대상과 합일하려는 의지를 확인할 수 있다. 그런 보편성은 쉽게 획득되지 않는다. 많은 우여곡절을 솥단지 속에서 녹여내고 난 후라야만 얻어지는 값진 경험이다. 때로는 투박하게, 때로는 노래하듯 넌출넌출 이어진다. 이런 장점은 첫 시집 『칠판 지우개를 들고』에서부터 보여온 그만의 특징이다. 그런 노력은 「꽃구경」에서 절정을 이룬다. 장사익의 구성진 가락을 떠올리며 부르는 노래, '난분분 회자정리요/난분분 거자필반이라/팔순의 어머니를 업고/꽃구경 가듯 봄날요양원에 갔네'. 어떤가? 이 한 구절이면 이월춘의 시를 다 읽지 않아도 되지 않을까.

3. 경험치의 공감대를 통한 유대

왜 일찍부터 철새나 벌레를 두려워했던가

불편해도 몸부림쳐볼 생각 않고

매일매일 당연한 듯 버텼을까

지겨운 나를 벗고 벗어

새로운 나를 얻으려 시도해보지 않았을까

저들을 비아냥거리면서

열려있는 길 드넓은 세상 두려움 없이

제 세상 내 사랑 찾아

구만리장천 날아볼 생각 접었을까

짝 찾아 헤매다 지쳐

단 한 방울의 사랑만 남을 때까지

나뭇가지 끝을 붙들고 울다가 울다가

죄다 비운 속으로

단 한 번 사랑 맺은 뒤

나를 훌훌 던질 생각 못했을까

모두 이미 정해진 길이라는 억지에

의문 한번 제대로 갖지 못했을까

나는 왜 일찍이 그런 나를 부정하지 못했을까

　　　-김일태 「철새나 벌레를 위한 반성문- 귀환의 시간 8」

　김일태, 성선경, 이달균의 공통점은 무엇인가. 딱히 하나로 묶기엔 한계가 있지만 경험치의 공감대를 통한 유대라고 말할 수 있다. 이 시에서 김일태 시인이 천착한 대상은 철새나 벌레 등속이다. '왜 일찍부터 철새나 벌레를 두려워했던가' 하며 화두를 던졌는데, 정작 시인이 두려워한 것은 '지겨운 나를 벗고 벗어/새로운 나를 얻으려 시도해보지 않았' 던 자신이다. 이어지는 다름 연에서 '제 세상 내 사랑 찾아/구만리장천 날아볼 생각 접'은 내가 결국 철새나 벌레보다 못한 존재가 아닌가 하는 심한 자책에 이른다.

　근래 몇 해 동안 김 시인은 존재를 찾는 여행에 골몰해

있다. 하긴 시인치고 누가 자신을 찾아 떠나지 않는 이가 있으랴만 2020년에 펴낸 『파미르를 베고 누워』는 자아 찾기를 위한 끊임없는 여정을 보여주었다. 이 책에 실은 근작들을 보면 그 여행은 아직 끝나지 않았다. 평론가 유성호는 그런 여정을 "나날의 삶에 대한 감동이나 새로운 발견의 감성이 녹아 있으며 그런 감성은 인간과 세계를 원초적으로 이어주는 정서적 자질이다."며 깨달음에 이르고자 하는 관찰과 애착의 과정으로 이해한다.

인정은 나의 부정으로부터 시작된다. 고통의 시간을 견디는 수행자가 아니고서 어찌 화엄에 이를 것인가. 시인은 굳이 그런 경지를 말하지 않지만 반성문을 통해 다시 나로 돌아오고자 하는 '귀환을 시간'을 기다린다. 어쩌면 그 여정은 지상의 날들이 끝날 때까지 이어지지 않을까 생각된다.

화왕산 억새의 흰 머리칼이
바람에 흩날린다
이렇게 늙어가는 것들이야 어떻게 하겠냐만
남도 삼백 리 너른 들판에 풍년이나 들었으면
이런저런 생각이나 하면서
나도 이제는 흰 머리칼, 백로白老다
이렇게 늙어가는 것이야 어떻게 하겠냐만
주머니 사정이나 넉넉하여

못난 벗들에게 술이나 한 잔 권할 수 있다면

이런저런 생각이나 하자니

풀잎 끝에는 이슬이 맺히고

마음 끝에는 애잔한 생각이 맺힌다

강남의 제비도 돌아갈 집이 있듯이

나에게도 돌아갈 집이 있다면

이렇게 늙어가는 것쯤이야 무슨 대수

이제야 제 분수를 아는 것만도 천만다행

화왕산 억새의 흰 머리칼이 바람에 흩날리듯

가을바람에 내 흰 머리칼도 흩날린다

이렇게 늙어가는 것이야 어떻게 하겠느냐만

못난 벗들에게 술이나 한 잔 권할 생각을 하니

마음의 끝에는 애잔한 생각

나도 이제 백로白老다.

－성선경 「백로白露」

　김일태가 차용한 대상이 '철새나 벌레'였다면 성선경의 대상은 '백로'다. 시인은 은유를 통해 대상과의 일치를 노래한다. 이런 동일시는 아직 이른감이 있다. 그렇다면 백로와 시인은 어떤 관계인가. '나도 이제 백로白老다.' 하고 천명하는 것은 그런 삶의 뚜렷한 동경을 선언함으로써 자신과의 약속을 이행하려는 의지를 보이는 것이다. 자기 확신을 통해 그런 길을 걷게 되는 맹약과도 같은 것이리라.

　시인이 데불고 온 화왕산 억새는 여느 억새와는 다르다. 적어도 비사벌 천년 역사를 버텨왔고, 해발 756m 찬바람을 견딘 찬란한 머리칼이다. 그러므로 화왕산 억새를 닮은 백로는 여유롭다. 한 끼를 해결하기 위해 긴 다리로 들판에 선 것이 아니라 '남도 삼백 리 너른 들판에 풍년이나 들었으면/이런저런 생각이나 하면서' 서성이는 우리 시대의 원로, 그런 백로이고 싶은 것이다. 물론 어른다운 어른을 찾아보기 쉽지 않은 시대, '제 분수를 아는 것만도 천만다행'인 백로를 닮는 일이 그리 수월치는 않겠지만 말이다.

　그런 염원은 시인이 앉은 언제 어느 곳이든 피어난다. 화투패를 보다가도 찬란히 만개하는 꽃밭을 꿈꾼다. 이를 테면 「꽃, 만개滿開」에선 '꽃방석 위에 천천히 꽃패를 펴는데/마음에는 이름 모를 새소리가 들리고/화투장에는 온갖 꽃들로 찬란燦爛합니다, 그럼/오겠지요, 꽃 피는 봄.' 하고 노래한다.

　그러나 시인이 도달하고자 하는 곳은 결코 세속의 똥밭도 꽃밭으로 보이는 경지가 아니다. 그저 '못난 벗들에게 술이나 한 잔 권할 생각' 하며 '애잔한 생각' 버리지 않는 그저 평범한 삶이 진정한 백로의 모습이라고 에둘러 말한다.

통제공 분부대로 천기 살펴보니

　사람 일이야 밤낮으로 방비하여 귀선龜船, 판옥선板屋船 채
비도 튼튼하고, 군량이며 화살촉도 착실히 쟁여두어 한 시름
놓았으나 무릇 근심됨은 경자년 하늘 드리운 어둡고 습한
기운, 대국에서 비롯되어 황하 건너뛰어 봉쇄령에도 아랑곳
없이 기세 외려 등등하니 이 난이 진정 난중의 난이 아닐까
시름 깊어지옵니다

　봄 가고 다시 두 계절, 천지간이 구름입니다
　　　　　　　　　　 ―이달균 「역병疫病 ―난중일기 19」

　이달균은 졸시 난중일기 연작 「역병疫病」을 통해 '코로
나19'의 상황을 임진란 당시의 어법을 빌려 그려낸다. 평
시조의 맛이 두드러질 때가 있고, 사설시조의 맛이 더 강
조되는 소재가 있다. 역병을 소재로하는 이 작품은 사설
시조의 옷을 입었을 때 사실감이 더 드러난다. 처음 '코
로나19'라는 녀석이 황하를 건너왔을 땐, 두렵고 급박한
심정이었다. 임진 정유 환란을 겪으면서 백성들이 내몰린
상황은 가히 상상하기 힘들지만 팬데믹이란 미증유의 시
대를 건너는 사람들의 불안함과 일정 부분 겹쳐지기도 한
다. 모든 것이 방비만으로 안전해질 수는 없다. 조금 잠잠
해졌다고 느끼면 역병은 또 다른 옷을 입고 뒤통수를 친

다. 벌써 이태째 이러고 있으니 달리 방법이 없다. 하긴 조선 500년 어느 해도 태평하고 안녕한 날이 없었다고 한다. 실록에 따르면 이름도 염병染病, 여기癘氣, 질역疾疫, 장역瘴疫, 악질惡疾, 여질癘疾, 역신疫神, 두환痘患 등 다양하게 불렸다 하니 이만한 것도 다행이란 생각이 든다.

4. 3인 3색의 개성 찾기

하루 새 낯선 손님 세 명이 다녀갔다.
누구의 소유도 아닌 집
누구나 소유할 수 있는 집
적어도 내 것이 아닌 우리 집
맞아, 집 앞에 명패에 적힌 숫자는
내 이름이 아니지.

– 실례 좀 할게요.

네 번째 손님들이 오신다.
앉은 채로 오억을 벌었다는 누군가에 대한 동경
가만있다 오억을 잃었다는 어떤 이에 대한 동정
그 사이 어디쯤에
얼쯤얼쯤 나는 선다.

수數를 향해 반짝이는 눈빛들

오늘 본 네 명의 손님, 그보다 많은 예비 손님들

그들 사이에서

나는 산다.

　　　　　　　　　　－이강휘 「손님맞이」

　이강휘, 이기영, 이서린 세 시인은 공통점으로 잘 묶이지 않는다. 그만큼 자기 개성이 독특하기 때문이다. 이강휘의 사실성, 이기영의 비애미와 은유, 이서린의 여유와 직접성은 한데 묶기보다 그 개성에 돋보기를 들이대면서 읽어야 한다.

　이강휘 시인이 선 자리는 어디쯤일까? 이 시인의 시를 읽을 때마다 신뢰를 느꼈던 이유는 맹목적인 형이상학에 얽매이지 않고, 유려한 문장을 만들기 위해 애쓰지 않는 자연스러움 때문이었다. 그런 발로는 인용한 시에서도 여실히 드러난다. 전혀 인연 없는 몇 사람이 다녀갔다. 매물로 내놓은 집 때문이다. 집은 거주할 것이냐 소유할 것이냐로 구분 짓지 못한다. '누구의 소유도 아닌 집/누구나 소유할 수 있는 집/적어도 내 것이 아닌 우리 집'에 대한 사람들의 생각은 조금씩 다르다.

　'앉은 채로 오억을 벌었다는 누군가에 대한 동경/가만 있다 오억을 잃었다는 어떤 이에 대한 동정'은 절묘한 대구對句다. 그 동경과 동정이 교차하는 지점에 시인은 서

있다. 그것도 '얼쯤얼쯤' 망설이며 머뭇대는 모양으로.

체질적으로 數에 약한 사내는 '數를 향해 반짝이는 눈빛들' 속에서 존재한다. 시의 전범은 어렵지 않아도 선명한 이미지를 그려내는 것이다. 힘들게 무엇을 차용해 오지 않아도, 낯선 비유에 골몰하지 않아도 시가 된다면 좋은 시가 아닐까. 이강휘 시인의 이런 보편성이 고개를 끄덕이게 한다.

나는 매일 풍향계가 가리키는 곳으로 걸어가 날짜 변경선을 통과하여 하루를 더 반복한다 매번 알면서도 모르게 왔다 가는 오늘이, 누군가 변형된 형태로 개입하는 오늘이, 깨고 나면 어디서부터 오늘인가

아무도 모르는 어제와 오늘, 잔인한 그 틈바구니에서 나는 안개 속을 떠도는 환영 같아

꽉 붙잡아, 놓치면 안 돼

길게 외마디로 끌려 나온 불안이 허공에 끊어질 듯 외줄 타는 사람 같아

허공으로 뻗은 뼈만 남은 손이 엄마를 부르며 울 때 그 손을 붙잡아 내리는 손이 함께 운다

떠날 사람은 떠나고 아픈 시간을 묻은 사람은 남아 아무
렇지 않은 오늘이 어제처럼 운다

　　어떻게든 아무렇지 않으려고 어제가 오늘처럼 또 운다
　　　　　　　　　　　　　　－이기영 「여전히, 그러나 간신히」

　이기영의 언어는 새롭다. 구태의연과 생경함을 걷어내
고 새로움을 전해준다면 시적 완성도는 높아진다. 이 시
는 그런 예를 잘 보여준다. 우리 사회의 풍향계 속에선
수많은 일들이 벌어진다. 버리고 버려지는 일, 때리고 맞
는 아이들, 이유 없는, 그래서 더욱 이유를 묻지 않는 폭
력 등등, 그러나 한 개인으로서 극복할 수 없는, 그래서
더욱 아픈 그 무엇에 관한 이야기로 읽힌다.
　'매번 알면서도 모르게 왔다 가는 오늘이, 누군가 변형
된 형태로 개입하는 오늘이, 깨고 나면 어디서부터 오늘
인가' 시인은 행간에 많은 사연들을 감추고 있지만 숨은
그림찾기처럼 시어들을 드러낸다. '개입', '외줄', '엄마'
같은 단어들이 그것이다. 너무 친절하면 재미없어 보이고,
너무 감추면 불친절해 보이는 그 경계를 건너는 일이 쉽
지만은 않다.
　어제와 오늘, 밤과 낮으로 구분하지만 기실 시간은 하나
로 이어져 있다. 그 경계의 모호함에서 시는 시작된다. 고
장 난 풍향계는 오늘을 사는 우리들 세상의 거울이다. 지

고 새는 하루가 날짜 변경선을 향해 가는 걸음이지만 멈춰보면 역시 어제 선 그 자리임을 알게 된다. 이런 자각은 아이들의 엄마로서는 건너기 힘든 강이다. 우리가 현실이라 믿는 것이 과연 진실일 수 있을까. 밤이라 믿는 것이 밤이 아닐 수 있는 것처럼 내가 잡은 외줄이 허공에서 추락하는 외마디 비명은 아닐까. 슬픔, 눈물 같은 말을 사용하지 않지만 이기영의 시는 비애에 젖어 있다.

「자정에 깨어있다면 뫼비우스 띠 같겠지만」에서도 위시와 같은 기조를 유지한다. 뫼비우스의 띠 역시 겉과 속, 어둠과 밝음이 하나임을 말해준다. 우리는 그 길 위에 서 있으면서도 길을 잃은 것처럼 허우적댄다. '자정에 깨어있는 사람들은 갑자기 몰아친 지루한 고민 끝에서 어떤 방식으로든 한밤의 끝을 보고 싶어 하지//침대 끝 축축한 느낌이 서늘한 냉기로 바뀔 때까지 결심을 바꿀 변명을 찾고 있지' 자정, 한밤의 끝에 섰다 싶었는데 몇 시간 후면 다시 새벽이 된다. 물론 새벽을 걸었다 싶지만 곧 아침이 오는 것과 같은 이치다. 고장 난 풍향계 위에서 우리가 기댈 곳은 어디이며 누구인가. '허공으로 뻗은 뼈만 남은 손이 엄마를 부르며 울 때 그 손을 붙잡아 내리는 손이 함께 운다' 느닷없이 엄마가 등장하지만 여기서 구원해 줄 대상은 엄마 이외엔 없다. 엄마를 구원투수로 내세웠지만 시인에겐 다소 채워지지 않은 성급함이 있으리라 여겨진다.

저녁 해가 토해 놓은

바다에 핀 저,

꽃

출렁이며 흔들리는 붉은 덩이가

선창을 물들이다

닻 내리던 어부의

굽은 등을 물들인다

섬 모퉁이 물결 따라 사라지는 노을 꽃

장엄하게 피고 지는 생에 대한 예의로

부둣가를 서성이던 늙은 개가 조문하는

　　　　　　　　　－이서린 「꽃에 대한 예의」

　이번에 발표한 이서린의 시 10편은 예전의 시들과는 조금 결이 달라 보인다. 2020년에 펴낸 시집 『그때 나는 버스 정류장에 서 있었다』가 비애의 감정과 이념의 협소한 간극 위에서 중심잡기 위한 노력의 결과물로 보였다면 이 시편들은 한결 여유롭고 자유로운 호흡으로 독자들을 이끈다.

　애써 난해함의 동굴을 빠져나와 편안한 느낌으로 마주

한 노을을 맞이하는 정갈한 몸가짐이다. 첫 연을 장식한 '저녁 해가 토해 놓은/바다에 핀 저,/꽃'이 함의하는 것은 무엇인가? 그냥 '바다에 핀 꽃'이라 하지 않고, '바다에 핀 저,/꽃'으로 호흡을 쉬어가게 한 이유는 노을을 강조하면서 "그래서 어쨌다고?" 하면서 다음 연을 궁금하게 만든다. 결국 그 햇덩이는 선창을 물들이고, 사람의 등을 굽게 하는 등 직접적인 영향을 가한다. 그에 비해 '섬 모퉁이 물결 따라 사라지는 노을 꽃'은 낮과 밤, 선창과 바다를 은은히 조율한다. 불덩이의 찬란함보다 더 힘 있는 것은 바다와 마을, 물결마저 잠재우는 그 매무새가 더 큰 여운을 준다. 선창에 나온 떠돌이 개도 함께 노을빛으로 물들며 사라짐의 순간을 그윽이 바라본다. 첫째 둘째 연은 행갈이를 하지 않았지만 셋째 연은 한 행 한 행 띄워 천천히 그 시간을 음미하게 한다. 이런 형식미를 통해 의미를 전달하는 방식은 나름 의도한 바 있다고 여겨진다.

「사랑은 떠나라」에서도 언어를 벼랑으로 내모는 시도를 하지 않고 그저 있는 대로, 보이는 대로 시선을 옮겨간다.

'사랑은 떠나라/서슴없이 낙엽이 투신하듯/이별은 그렇게 하는 것/머뭇거린다고 다시 올 마음이라면/건너가지도 않았을 터//사랑은 떠나라/찢어지고 흰 겨울나무 끝/잠시 앉았다 가는 새처럼/차운 밤 서리 내린 들판/꼬리 자르며 사라지는 유성처럼/사랑아 가려면 그렇게 가라//펑펑 내리는 눈처럼 올 수 있게'

이별의 마음을 커튼 속에 감추지 않는 시인의 과감함과 솔직함을 읽을 수 있다. 그렇다고 해서 낡아 보이지도 않는다. 백석이 「나와 나타샤와 흰당나귀」에서 보여준 사랑의 절절함을 연상시킨다. 영감은 전이된다. 백석은 윤동주에게, 릴케와 프랑시스 잠은 백석에게, 그렇게 전이된 영감은 지구촌 반대편의 독자들을 어루만졌다. 이서린 시인은 이별을 말하면서 내적 승화에 기대기보다 차라리 던져버리듯, 머뭇거리지 않고 눈 속에서 펑펑 울어버리고 싶어한다. 누가 말릴 것인가. 그대로 직진하기를 바랄 뿐이다.